Sarah Kirsch
entdeckt
Christoph Wilhelm Aigner

Lyrik im EUROPA VERLAG

Hauche mir etwas
ins Ohr | warm | zärtlich
eine leise Musik |
ich werde still halten

SARAH KIRSCH

entdeckt

C. W. AIGNER

EUROPA VERLAG
HAMBURG · WIEN

»Lyrik im Europa Verlag«
wird herausgegeben von Axel Marquardt

Die Deutsche Bibliothek – CIP Einheitsaufnahme
Ein Titelsatz für diese Publikation ist bei
Der Deutschen Bibliothek erhältlich.

Erstausgabe

Umschlaggestaltung: Kathrin Steigerwald, Hamburg
Foto: Karl Blossfeldt
Druck und Bindung: Wiener Verlag, Himberg bei Wien
ISBN 3-203-84303-X

Informationen über unser Programm erhalten Sie beim
Europa Verlag, Neuer Wall 10, 20354 Hamburg
oder unter www.europaverlag.de

Glückskarfunkel

von Sarah Kirsch

Christoph Wilhelm Aigner, Jahrgang 1954, ist ein Dichter, dem es gelingt, mit Naturvokabeln Auskunft von Erde zu geben. Wir haben alles deutlich vor Augen, viel schöner als Fernsehn. Man muß in seiner eigenen Innenwelt eifrig trainieren. Erst kleine Ausflüge ums Haus, später die großen Expeditionen. Wetterstürze im Gebürge, sanfte gefährliche Gärten. Das Buch macht Kino im Kopf. Man gelangt durch Steine und Grenzen. Zwischen den Seiten steckt mehr Wildheit und Meskalin, als unsere und die österreichische Schulweisheit zugeben können.

Der Planet ist schön, schrecklich, und gerade begehbar. Es gibt Gedichte darauf, die Bibliotheken zusammenfassen. Wenn wir diese Texte lesen und uns selbst verstehn, verstehn wir die Dichter. Ungebändigtes springt uns an in Aktion-Gedichten. Auf geringem Platz ereignet sich alles. Natürlich sind es keine Naturgedichte. Wenn es um Wol ken, Berge, Bäume und Teiche geht. Das Gestische ist es ja, was so erfreut. Die Endlosspiralen zwischen Augenblicken. Winzige Filme, zärtliche Schnipsel oder furchtbare Kurzeinstellungen vom Geschehn auf diesem Planeten. Wenn es schön ist auf dieser Erde, dann ist es sehr schön. Wenn das Grauen kommt, zeigt es sich im kleinsten Hauch in der schönen ruhigen Welt. Auch in der Wasserwelt, die vielleicht später einen Ertrunkenen als Insel aufweist. Viel ertrunkenes Leben. Bilder, die einem die Füße wegschlagen.

Aigners Bilder sind unherkömmlich traditionslos und brennend. Er arbeitet zudem »ökonomisch«, wie sein Schweizer Kollege und Laudator Fringeli bei der Vergabe des Meraner Lyrikpreises hervorhob. Mit drei Worten ein

Panorama erzielen. Farbexplosionen. Den Menschen einen Schutzstern geben, den sie ja brauchen. Immer wieder die spontane erlebte Bewegung für den, der liest. Eine Handlung in sehr knapper Zeit, die durch den Körper dann geht. Davor zieh ich den Hut, den ich inzwischen ja hab, gleich mehrfach. In meinem Freien Nicht Bestehenden Literaturinstitut mit dem Ätherstipendium dem Mohnblumenorden gibts dafür Paukenschläge. Und Hasenbrod aus dem Land der Dichter.

WEITERLEBEN

Abend

Stell die Kerze auf den Tisch
Ocker für den Mond der glimmt

Komm. Ich weiß es ganz bestimmt
daß er uns durchs Fenster findet

und uns aneinander bindet
wie der Fischer Fisch an Fisch

Die Schlafenden

Verirrt in den Vollmond die Schlafenden
Mücken und Menschen
Glühlampe für jedes Tier

überläßt die Schatten dem warmen Gestein
den Tümpeln und Wiesen
macht feucht, was die Hitze dorrte

Du liegst im Schein, eine Scheibe am Bauch
Kissen zum Sinken
Dein Lichtkleid berührt mein Ohr

In London

Auf den Herrn mit Parapluie am Arm
beugen sich Wolken herab
und stricken ihm einen grauen Pullover
ganz aus nieselndem Garn

Auf Knien

Mit zittrigem Daumen
heftet sie sich

ein Diadem an die Stirn
Vernäht mit Kreuzstich
ihren Mund

Webt einen Orden
in ihre Brust

Weiße Dame

Weite Treppe, Bogentreppe, oben steht die
Weiße Dame
Blaß, blaß, Seidenhaut, umkreischt von
leuchtendschwarzem Haar

Zweiundzwanzig Augen ziehen sie herunter;
Stufe, Stufe
Am Absatz Atmen, Stimmungsrufe; sie fließt
im Kleid mit Schleppe

Fußspitze, Fußspitze, Raupenpaar, weiche
Schritte wie gekaut
Zweiundzwanzig Augen denken laut:
die Weiße Dame kommt herunter

Langsam fliegen blinde Eulen

Wie ich das liebe wenn die Kinder heulen
nach Schlägen und vor Durst, wenn kleine Fische
sich an Haken winden und Katzen halslang
an den Brunnen hängen, mit Augen
die aus weißen Köpfen brechen
Mag der, der sehen soll, nicht sehen
womit sich Jahre abwärts quälen
Nun schlägt schon Schatten an und faßt am Bein
die in der Sonne dösen. Die Kälte zieht
hinauf und langsam fliegen blinde Eulen

Vom Menschsein

Reißt die Gedärme aus den Katzen
und in den After steckt den Hunden einen Stock
Nagelt den Mäusen Bretter auf die Stirn
und Affen zündet, daß sie platzen

Von Händen trieft euch Fleisch in Batzen
Den Müttern steht das Blut im Rock
So trägt die Ausgeburt vom kläglichen Gehirn
das Bild in sich von stieren Fratzen

Hügel

Hügel von Alten
Hügel von Jungen
Was Mann ist und Frau
weiß keiner mehr

Ein Junges liegt oben
gekrümmt ein Altes
Gestein aus Knochen
Höhle war Auge

Gekrümmt liegen Hügel
aus Alten und Jungen
Skelette die Hügel

Geschlichtete Hügel
Die Hügel sind leichthin
gebrochene Körper

Bergen

Sonne und Mond
Tag um Nacht
Morgen im Grauen
Bergen und Belsen
Bein im Stein
Augenhöhle um Augenhöhle
Finster und Finsternis

Unwetter auf Cerreto

Es fließt vom Laub als bluteten Blätter
Die Erde schlägt sich an die Brust

Kleine Quellen schwitzen vor Angst
und laufen verstört die Hügel hinunter

Das Land krümmt seinen haarigen Rücken
Wie Galgen hängen Bäume an Wolken

Den Eichen biegt es die Arme zurück
Geätzt dampfen Pinien und Oliven

Sirene

Augen wie eine Südseebucht
zum Hineinschwimmen

Noch nie hat jemand
so weißen Sand besucht

warm zwischen Fingern
ins seichte Sonnenwasser gesiebt

Ausgerechnet ich?
Sie sagt: Ich tu es so gern

In den See

Leise wie eine Katze
Der Lichtstraße des Monds entlang

Aufs eigene Spiegelbild legen

Das Wasser macht einen Schluck
Seine Haut durchlaufen Kreise

Das Kind das war

Das Kind das war
ein nacktes Kind mit
Kopf und Gesicht meines
kahlen Großvaters

Das Kind das war
ein Knochenkind mit
Armen und Beinen meines
gelähmten Großvaters

Das Kind das war
ein Hautkind mit
geblähtem Bauch
Noch lebte es

Das Kind das war
ein stummes Kind mit
dem verzerrten Mund meines
schweigenden Großvaters

Das Kind das war
ein Augenhöhlenkind mit
dem Blick meines
blinden Großvaters

Das Kind das war hing
am Arm seiner schwarzen Mutter
Ich glaubte mein Großvater sei längst
tot seit er aus dem Krieg zurückkam

DREI SÄTZE

Übergang

Verwundbar wird
und eng die Erde

Der Abend ist
zur Nacht ein Steg

Darüber ziehen
Menschenschatten

Das schöne Leben

Einmal habe ich
ein schönes Mädchen gesehen

das war im Traum gut zu mir
Bin morgens nicht liegengeblieben
Sieben magere Tage

sah man mich herumgehen
wie ein freundliches Tier

Erinnern

Ich will das Bild
vom Tag mit dir

wie eine Katze
ihre Jungen
am Nacken nimmt
mit sanftem Biss

in meine Stille
tragen

LANDSOLO

Verstecke

So viele Leitungen
ein überspanntes Land
Hocken ein paar versprengte
wilde Tiere in Bauminseln
Resten von Gebüsch

Warten

Bei soviel Warten
hat jeder Stein
am Strand meines Dorfs
die Form eines Herzens
pulsiert in der Hand
Der Sand der durch
die Finger rinnt
zerriebene Herzen

Wellen

Wellen mit den Rücken
tauchender Delphine
Wellen mit schmelzenden Schneiden
die kämmen uns die Zehen
Wenn jemand statt zu weinen
fest die Augen schließt

Nach dem Winter

Nichts hat sich ereignet
Hab Holz gehackt und das Holz
redete von Glut
zweiundzwanzig Briefe
geschrieben zwei erhalten
dem Regen zugesehn
wie er vom Wind auf Händen
getragen wurde und doch fiel
Ein anderer bin ich jetzt

Mitten im Land

Von den über Hänge
gestrafften Wiesen
gleiten und in
Getreidefeldern
wälzen sich Wind
und Windeskinder
Dort steh ich
dich seh ich
Herzschlag in meiner Zunge

Landsolo

Langsamer Wind
Getreidefeld
Wimpern am schläfrigen Sommer
Alleinsein mit wem

Abschied

Mit Gesichtern
von kleinen Katzen
die lang am Kinn
gestreichelt werden
Im Pelz die Tränen
der Vernunft

DAS VERNEINEN DER PENDELUHR

Lerchen

Im Überdruck des Frühlings
springen sie aus den Feldern
Spinnen mit Flügelschlägen
Gesänge aus Honigfäden
zwischen Erde und Licht

Der Morgen

Kindische Wolken spielen unentwegt
mit dem Morgenlicht. Es bauschen sich
die riesigen Eichen. Wind fährt ihnen unters
Laub bis an die feinsten Äste. Kreisel
sind sie so leicht und heben demnächst ab

Vom Dorfrand dort wo zwischen Wald und Wald
der Roggen hereinweht die Ähren zart wie taube
Trespen trifft ein Hahn mit seinem ersten
Schrei durchs offene Fenster. Das Land zieht ein
Und ich noch gänzlich glücklich halb im Traum

Zwei Punkte

Mit kalten Füßen läuft der Wind
und wirft mit klingenfeinem Regen
er schneidet uns die Wangen wund
Wir sind zwei Punkte auf einem Feld
die scheinbar blind und ohne Grund
sich aufeinander zubewegen

Wellenstöße

Die Luft auf einmal festgeschraubt
trockenes mattgestrichenes Blau
Als stünde das Herz der Landschaft still

Natürlich funktioniert die Natur noch

Ameisen queren die Terrasse
und auf der türkisen Haut des Schwimmbeckens
Lebensringe ertrinkender Insekten

Frösche in Wiepersborough

Nach Mitternacht und die Luft keinen
Daumensprung
kühler als zu Mittag am Feldrand in
der Stille die aufgekocht wurde vom Fliegensurren

Umständlich schwarz wars um den Teich.
Die Schritte
am Kies unhörbar im Froschgeknatter
Und Rüpel sind unter den Fröschen die imitieren
Menschen wenn sie Speichel tief aus dem Hals ziehn

Sie schwirren obenauf im brackigen Wasser
rutschen von den pirolgelben Fenstern aufs Dach
des kopfunter stehenden Schlosses und in
die Kronen
der Eichen und drüber hinaus wo der Mond
in durchscheinender
Schale am Grund liegt dem hohen Blätterbett

Begrüßung

Täglich wundersame Zeichen
bevor du heimkommst nachmittags
Heute flog ein Wolkenball
heran bleibt stehn beginnt zu zittern
dann zerreißt ihn die Luft überm Garten
Die Windradblüten des Jasmins
verschleudern plötzlich ihren Duft

Die Sehnsucht

Ein Bussard unter meinen Rippen
der hinpfeift auf der blanken Fläche
zwischen glasierten Wolken überm
gefrorenen Feld. Aufgebrochen
als hätten Gestalten Trüffeln gesucht

Steig kreuz und quer im Wind

Der Regen bürstet das Land

Könntest du aus der Erde springen
wie Musik und hauchst mir ins Ohr

Lichtsaat

Sternsamen
die morgen aufgehn
in einer einzigen
gleißenden Blüte

Aufbrechen

Da brach ich auf
In der Mitte erschien
eine Schonung unter
tiefen sirrenden Wolken
wo Lichtbrände übers Gras
geblasen wurden

Weggehn müssen

Zerkratz mir das Gesicht
Niemand soll mich mehr erkennen

Du stehst im von der Sonne
aufgespreizten Grün

Der Wald will einen Schritt
hinaustun auf die Lichtung

Sehs verschwommen. Die Gegend gleicht
meinem handverschmierten Mund

Biografie

Ich bin was durch die Wälder geht
zurückschreckt wenn es Leute schreckt
Im Unterholz auf Nebelheide
im Wind im Licht auf Messers Schneide

Wittern

Setz über auf flatternden mit Steinen
beschwerten Feldern zum Wald
der schwingt die Äste. Steh plötzlich
auf den Hinterläufen
Kann dich wittern
Wind auf allen meinen
Fingerspitzen. Versuche
ein menschliches Grinsen. Mich schüttelts
wie beim Hornkonzert

Nachtigall

Sie gießt den Gesang
über mich die Essenz
der unfaßbaren Nacht

So muß der See
sich fühlen wenn die Geliebte
in ihm schwimmt

Romantik

War doch die pralle Nacht
Wollte den Sternschnuppenstrom
mit bloßen Händen. Für dich
Rund um den Teich. Zur Begrüßung
Jetzt hängt ein schlaffer bleicher
Bürzel der Mond im Wasser
gerüttelt von den Wellen
keifender Enten. Durchlöchert
sind die Hände. Durchschossen
Auf ihnen pfeift mir der Wind

Die Natur

Keuchende Nacht
mit dem Schrei des Jagdfasans
Eine Handvoll zitternde Sterne
Auf dem Wald eilt das Meer herbei
Verhuschender Mond
Es wiegt sich die lacknasse Birke
Ich beiße. Kalamari unter
den Augen. Ein Sterbenswörtchen am Maul

Nach langer Abwesenheit

Als ich ankam unter Fauchen
und Kratzen der Sonne waren die beiden
Katzen dünn wie Dachziegel

Ein winziger Sprühregen mühte sich durch
die Hitze wir hatten für Minuten
schimmernde Läuse im Pelz

Uns knurrten die Mägen. Bis zum Morgen
saßen wir im Gras im Garten
starrten einander an

Brief

Die Weinranke über
den Wolkenschlieren schlägt
seit Stunden ans Fenster

Regen wie Lametta
aufgelegt
Ein Nachtfalter hebt sich
und fällt hebt sich und fällt

Denk doch an mich
ich werde jetzt öffnen
denk an mich mit Rührung

Dunkelhaarig

In jeder heranreitenden Wolke
kann ein Engel sein
Das ist die Sehnsucht
Wenn dann ein Sturm ist
und ihn herabweht
mit einem blauen Aug
triefendem Haar
und einer Taube
am zweifarbigen Herz

Schritte

Leer ist das Haus. Besuche jedes
Fenster zehnmal am Tag. Sterne
hängen. Äpfel an blattlosen Ästen
Schmal und leicht bin ich geworden
wie der Wind am Gartenboden

Spannung

Der Nebel ein Eisblock springt
in winzige glitzernde Stücke
sie schmelzen die Luft wird flockig
Ich gehe durch zu ihr
Zu ihr brummt das Land und übt
den Abflug und spannt die Bäume
Sträucher schnellen auf
Die Tragflächen der Wiesen geneigt

Hand in Hand

Vorgewärmter Regen
kreuz und quer und bodenauf

Wir gehen zwischen Tropfenstrünken
vorsichtig wie das Umblättern
beim gemeinsamen Buch
und sehn einander von der Seite

Das Wasser hängt uns von den Händen
im Glück vom schönen
Druck und Widerdruck

Unter Echsen

Die Sonne drückte mich mit flacher Hand
hin an die Hauswand so kam ich unter die Echsen

Im violetten im mandarinenfarbenen
Abendlicht ist unser Abbild zu sehn
unsere weißen Schatten mit schlagenden Hälsen

Violette Nacht

Dort wo heut Früh die Sonne knisternd
dem Rücken des Bergs ein Loch gebrannt hat
springt der pralle Mond hervor

Mehr ist allein nicht zu ertragen

Sogar die Zikaden nehmen die grellen
Töne zurück. Mir fehlt zum Heulen
die Stimme. Steck die Nase unter
die Achsel roll mich am warmen Stein
zusammen. Sehs durch flatternde Wimpern

Raubvögel

Eine Weihe ist mein Mund
attackiert von deinem Roten
Milan welcher schneller fliegt
geschickter wendet daß die Beute
das zappelnde Wörtchen fällt

Sich ändernd

Das erhabene sich heranhebende Meer
violett und apfelgrün
unter heftigen Wolkengezeiten
verspannt mit Nervensträngen aus Licht
Ganz vertraut und völlig fremd geworden

Herzmond

Mich treibts über Sand. Die Wurzeln
sind mir abgefault
Wellentiere laufen
herbei und stoßen mich an
Der Mond beginnt zu schlagen
Flieg mit der Stirn vom Strand

Strandgut

Saß tagelang am verlassenen Strand
Salz auf der Zunge. Hände Füße
schon abgeschliffenes Sandpapier
Der Horizont unter Makrelenhimmel
Die Augen verschwammen. Blütenwachs
zerfloß am Meer

Das Verneinen der Pendeluhr

Bin nun von Schatten überrollt
In meinem Kopf sitzt eine erschöpfte
Biene. Das Kerzenlicht knabbert an
der Dämmerung. Du kommst nicht mehr?
Seh das Verneinen der Pendeluhr
und durchs Glas am Ziffernblatt
wie mir die Flamme flattert im Mund

Ein Sommernachtstraum

Zu C. W. Aigners Gedicht »Frösche in Wiepersborough«

von Sarah Kirsch

Ein magisches Stückchen springt in die Augen. Die erste Strophe läßt drei, die zweite vier, die dritte fünf Zeilen verweilen. Mit dem Titel sind es dreizehn. Und der glitzert wie eine nördliche Fata Morgana, es könnte sich um Wiepersdorf handeln, den literarisch fixierten, oft beschworenen Ort, wo die Amphibien rudern. Heut geht es also um Frösche. Ein Stück Natur, etwas Feuchtes aus der berühmten märkischen Streusandbüchse, nicht dem Gefäß der Pandora. Der Mitteilende, welcher von weit her kam aus Salzburg, mittags am Feldrand stand, jetzt in der Nacht einen Daumensprung weiter. In der Nähe des Schlosses – Sie erinnern, was ein Daumensprung ist? Landvermessung nach Art der Maler und Dichter. Ausgestreckter Arm, der Daumen über der Faust nach oben gerichtet, mit dem Schloß zur Deckung gebracht, von einem Aug nur fixiert, dem rechten. Nun schließt der Betrachter dieses und öffnet das linke, und siehe, das Schloß ist nach links gehüpft, und der Daumen bedeckt nun das Feld.

Wir empfinden, es ist im nächtlichen Schatten der Eichen am Teich noch ebenso heiß wie mittags am Feldrand, Sandboden, der einem schier die Sohlen verbrannte. In einer Stille, die aufgekocht wurde vom Fliegensurren. Das klingt wie aus der Hexenküche und läßt an Urzeugung denken. Das war der Mittag. Jetzt herrscht wie gesagt Nacht. Umständlich schwarz war's um den Teich. Eine aufgespaltene Finsternis. Welch schöner Ausdruck für etwas. So viel, was durch die beiden Wörter vorstellbar wird. Viele Anblicke, Abstufungen von Dunkelheiten, das ist verrückt. So gibt es im Schwarzen schwarze stochernde Äste, denen wir ausweichen müssen, unsere Augen zu schützen. Zweige, die uns das Haar ausreißen. Und gleichzeitig stoßen die Füße in schwarzen Schuhen in schwarzer Nacht an sicher dunkle Steine, während nicht erkennbar ist, wo der Teich gleich beginnt. Es ist nicht länger möglich, sich an Geräuschen zu orientieren, denen des Fußes auf knirschendem Kies, denn Froschgeknatter – was ein treffender Ausdruck! – ist, was alles nun übertönt. Während man die Ohren bemüht, wird man lachen. Weil die maßlosen Frösche nicht nur Weltmeister im Knattern sind, sondern auch noch – unanständige Geräusche hätte man vorgestern gesagt, aus der Lamäng auf uns zukommen lassen. Ein abgrundtiefes Hochziehen von Rotz. Bis die Verwandten rufen, hast denn kein Schneuztuch. Geschrei sondergleichen, daß dem Lesenden die Ohren gleich dröhnen und sausen.

In der dritten Strophe gerät das chorische Stück auf den Höhepunkt. Sie schwirren obenauf, heißt es von Fröschen, und damit vertauschen sich akustisch Himmel und Erde, denn eigentlich schwirren Vögel, Tiere der Luft. Aber im Finsteren waltet viel Sinnestäuschung, die Elemente sind durcheinandergeraten. Oje! – die Frösche rutschen von den pirolgelben Fenstern des Schlosses auf das zwiefache Dach, bis wir finden, daß wir uns im Spiegelbild abmühn. Kopfüber kopfunter im spiegelnden Spiegelbild, uns wird bleumourant vor den Augen. Noch weiter gelangen die Frösche in Wiepersborough, bis in die Kronen der Eichen. Drüber hinaus, hin wo der Mond in durchscheinender Schale am Grund liegt, dem hohen Blätterbett. Letzteres ist ein wirklich weiches, der Teichgrund befindet sich ja voller nur langsam verrottender Eichenblätter, daß Schlamm von großer Sanftheit entsteht und das leuchtende Ei aufnahm, den Mond. Wie meschugge das macht, selbstverständlich auch Frösche dicht auf dem Leib und zaubrisch wie Vollmond das letzte schöne Wort des Gedichts: Blätterbett. Rhythmisch und sanft, endlich knallt der Mond dort hinein, federt ein wenig – 'ne süße Verwirrung breitet sich weiterhin aus, so man die Worte laut las, kann einer die Noten gleich schreiben.

Alles ist Teil der Natur, und das Schloß ist ein Bau, eine Höhle, ein Vogelnest für den, der aus dem Wald kommt. Unseren Dichter. Es ist seine Verwandlung, wir verwandeln uns mit, es ist ein Spiel von allem mit allem, ein Stück Sommernachtstraum. Der Froschlärm bleibt in den Ohren hängen, und seine eigenen Hervorbringungen, so sagt der Dichter an anderem Ort, seien Stücke von seinem Leib. Wären Frösche in Wiepersborough, wenn wir ihm folgen, wie Magenknurren. Viel Lärm auch um nichts dort an Ort und Stelle, kann einem schwarz vor Augen werden vor so viel Bemühn. Schaut aus, als wüchsen die Kleinkünstler da über sich raus bis in den Himmel, während sie doch ins Trübe nur fallen.

DIE BERÜHRUNG

Schneewunsch

Schnee über Nacht. Schnee
aufgestrichen auf
das angefrorne Land

Und Schnee aus der wie Finger
greifenden Atmosfäre

Schnee soll alle Spuren
füllen. Unergründbar
geht die Zuneigung auf Pfoten

Schmerz

Ein verwilderter Apfelbaum
mit durcheinander greifendem
Geäst verendeten hohlwangigen
jauchebraunen Äpfeln daß keine
Schlange mehr Versuchung sucht

Winterwald

Bräute im Brautkleid mit Stiefeln
bis zum Schenkelhals

Sie stehn zusammen und schwören
flüsternd: niemandem je
ein Ja. Kehr um mit einer
Schneeflocke auf den Lippen

Entwurzelte

Die Sonne versucht vergebens
Wurzeln zu schlagen. Wolken
schleppen das Licht am Rücken

Große geflügelte Flocken
setzen sich ab erreichen
die rhythmisch wehenden Wälder

Windzeit

Seit gestern sind die Olivenhügel
silbrig. Bei Mondschein wars
wie abfließendes Wasser. Mich überschwemmts
Mein Kopf auf den Wogen sieht seine Kindheit
und wie die Zeit sich an ihr vergeht

Rollfeld

Schneeflocken waren
im wechselnden Nachtwind
das Weiße suchender Augen

Leicht und locker stellt
sich eine unsichtbare
Welt dazwischen

Es landet das letzte
Gespenst des Tags

Schutzengel

Mein Engel hat Hufe und einen
behaarten Flügel. Sank
wie ohnmächtig und am Faden
aus dem Nachtgewölbe
vom hornissenfarbenen Mond
der machte ihm den Hof

Beinahe vergaß ich ihn
an der Hand zu nehmen

Hinkend gehn wir durch
Gestrüpp und Unterholz

Die Unsterbliche

Sie kostet alles unter deinen
Rippen. Dich friert wenn sie den Kopf
herauszwängt die Schnauze blutgeschminkt
dich ansieht mit dem herzzerreißenden
kleinen Tränengesicht des Geparden

Wie ich sterben werde

Gedämpfte Sonne schnell
wieder von Wolken umwickelt

Im dickgestapelten Nebel
fahren Amseln zwischen
rauchenden Zweigen umher

Bei jedem Luftzug denk ich
der die Spitzen der
Olivenbäume drückt
kommst du übergroß
aus dem Dunst den Berg
herauf. Federfeine
Schleier um die Schultern

Dein Gesicht füllt
den Fensterrahmen. Ich öffne
Steig in deinen Mund

Sonntag

Die Sonne klein wie der Mond
und ebenso bleich. Augen
einer Muräne hinter
Milchhaut. Nebel ist
in die Äcker gepflügt
füllt die Senken kriecht
auf Hügeln. Kirchturmspitzen
wurden aufgefahren
Alle übers Land
verteilten Glaubensraketen
stehen unter Dampf

Am Trauerrand

Dort krabbelt der Komet
mit weißer Schleppe. Wolken
bilden das Spalier

Der Regen klatscht auf
wie mein Herz der Hund
naß und lebendig
aufs Gras geschlagen

Mandelblüte

Der schneeige Nebel glitt
vorbei wie die Hand des Magiers
ein Panorama beschwört

Auf den kahlen flechtigen
Ästen standen etwas
wackelig die Blüten
als müßten sie Gleichgewicht halten
soeben aufgesprungen

Wie die Zuneigung auf einem
Bein und dann auf dem andern
mit verschränkten Armen
im Park vorm Waldstück wartet
im noch zu leichten Kleid
für diese Jahreszeit

Überm dunklen Laubteich

Durch den gespannten Regen
schießen Schwalben ihre
Flüge wie in einem
zu webenden Geisterreich

Wunschinsel

Ich hör und spür dich gern
Möcht für dich allein
auf einer Insel ein Lehnstuhl
mit großen Ohren sein
und dich umarmen können
wie das Wasser die Insel
die im Lichtschaum badet

Sternenprobe

Einander in die Augen sehn
für eine Nacht und einen Morgen
Auf einmal fließt ein Stern
nicht größer als ein Bienenkopf
an einem Faden Licht
behutsam wie man die Hände
sinken läßt und
die Tischkante nicht berührt
Wenn das geschieht ist es für lange

Meerfrau

Es hagelt ins Meer

Wo ich dich täglich sitzen sah
mit übereinandergeschlagenen Beinen
am Felsen springen glänzende Körner

als seist du zersprungen

Die Berührung

Ich wills einfach sagen
Da war eine zufällige Berührung
und ein Lächeln dazu
Nicht mehr. Aber noch immer
entstehn daraus Tage als schaukle
die Erde an einem großen
blauseidenen Schirm

Beziehung

Die Erde dreht sich jetzt zur Seite
langsam wie der Wind
übern Abhang streift
Schwarze Luft dringt überall ein
Der Mond das Wiesel schnellt durch die Wolken

Requiem

Über den von der Hitze
niedergebogenen Tagen
ist mein Mitternachtshimmel
wie das gestockte Blut
unterm Fingernagel

Und sein Mond

Aber wem es sagen

daß er ein mit der ersten
Welle von Schmerz sich hebender
Kahn ist und festgehalten

Angeln

Nadelfeiner Regen
überall auf nassen Felsen
stehen Angler ziehn mit Haken
an der Haut des Meers

Verstoßen

Die halbe Nacht flatterte mir
ein schwarzgeflügelter Engel immer
wieder ins Gesicht. Erkannte
dich unter seiner Maske

Muß also gehen. Knirschender Wind
auf splitterübersätem Himmel

Umkleiden

Die braunhaarige Herbstin
schön und bleich wie nie
ausgesprochenes Verlangen

Mit feinsten fliegenden Fäden
die das Licht elastisch zieht
wird ihr das Kleid auf den Leib gewebt

Ihr raschelndes Schreiten

Zustand

Wie wenn der Hirt der Herde
weggegangen wär

In einer stillen Vorstadt
Dämmerung im Sturm

Ein Erdgeschoß wovor
paarhufig hartauftretend
das Entsetzen schreitet

Abendhai

Wolken ergießen sich unter
den schwerblauen Himmel. Stern
um Stern beginnt zu sinken
Die honigfarbene Flosse
schneidet durch die Strömung

Blutspuren lesen

Zu C. W. Aigners Gedicht »Die Unsterbliche«

von Sarah Kirsch

Sechs Zeilen, die unter die Rippen gehn. Ich erschrak, als ich diesen Text zum ersten Mal hörte. Nicht als Gedicht ausgewiesen, unmittelbar wie ein neuentdecktes, namenloses Wesen dringt solcher Text über das Ohr in den Körper, zerreißt womöglich das Herz. Wenn er später im Buch steht, ein Gedicht unter vielen, so kann man trachten, aus den Spuren der Unsterblichen lesen. Bei einem Gedicht, das solchermaßen Beunruhigung einträgt, sieht man sich durch seinen Selbsterhaltungstrieb gezwungen, direkt und dilettantisch zu fragen, wen oder was die Unsterbliche verkörpert. Die Liebe? Liebe mit Eifersucht und anderen zerstörerischen Rasereien gepaart? Der Leser, die Leserin durchgehen die knappen Zeilen oftmals, erleben sie am eigenen Leib. Es ist nicht angenehm, einen Schmerz unter den Rippen links seitlich zu spüren. Etwas frißt, bis es entweder gefressen ist, das Raubtier satt oder der lebenden Mahlzeit überdrüssig. Die herausgehobene Schnauze läßt ein geschminktes, blutgeschminktes Wesen erkennen, das ein Gesicht auch wohl hat. Ein geschminktes Gesicht, als weibliches also festgelegt? Am Schluß des Gedichtes wird nur vom Geparden gesprochen, so daß es sich auch um das grammatikalische Geschlecht handeln kann. Die Einstellung im Steppengras zeigt ein Raubtier in aller Unschuld. Wär es ein Bild für die Liebe, könnten wir es erkennen, je nachdem wie unsere Erfahrungen mit der Liebe ausfielen. Wie man sie danach einordnet und definiert. Sie überhaupt für möglich und erstrebenswert hält oder die schöne arterhaltende Verwirrung letztlich auf Eigenliebe und Egoismus zurückführt. Das Erbarmen steckt in den Zeilen; liest den Blick des Geparden. Herzzerreißendes Tränengesicht hinter einem Vorhang von Savannengras. So sehe ich das Bild, lese die Worte, die es hergestellt haben. Die dunkle Linie vom Augenwinkel zur Schnauze. Es können Kopplungen wie im Traum ja geschehn, so daß Zeitgefühl aufgehoben erscheint. Wenige Worte, die langanhaltende Tagträume auslösen, ein wahres Kino im Kopp herstellen. Aignersche Texte sind für dergleichen Verzauberungen wie geschaffen, da ihnen sich gerade entfaltende Ereignisse oft innewohnen. In ein paar Zeilen, die wir erfassen, Welt geschieht. Unsterblich also die Liebe? Die so maßlos, gefräßig auch ist, daß sie das Objekt ihrer Begierde vernichtet? Inneres herausreißt aus lebendigem Leib? Wie sich kein Tier verhält. Mancher wollte es lange nicht glauben. An solcher Schlächterei nicht länger teilhaben, seit er dergleichen erlebte, sei es als Opfer, sei es als Täter. Aber der Text geht ja um das Leben. Um Sehnsucht, Enttäuschung und Hoffnung auf dem Planeten der Endlichkeit und der Grenzen. Noch die realen Geparden haben, wenn sie langen Halses sichernd herüberschaun, einen Ausdruck schmerzlicher Schönheit, wie ihn unser Auge bei anderen Säugetieren nicht so leicht wahrnimmt. Als wüßten sie von grausamen Aktionen zur Erhaltung der Art, daß ein Einzelnes nichts bedeutet. Liegt anscheinend 'ne Bitte um Erbarmen in ihren Augen, blickt das Leben herüber: So ist der Planet beschaffen, so ist seine Natur, die Arten, das sind ja einzelne Wesen, entstehen und wieder verschwinden läßt. Es ist ja fraglich, ob der Mensch die leichte Wasserblas bestehen kann. Wenn eines Lebenden Kraft, Schönheit, Gesundheit, sowie er geboren ist, zurück an den Tod fällt? Er schon alt genug ist zu sterben? Eine Verschwendung sondergleichen findet statt, und ist von kostbarer Schönheit begleitet in Tierreich und Pflanzenwelt, daß wir im Lauf des Geschehens, dieser Geschichte, Ästheten wurden. Das TV zeigt uns nicht nur ab und zu die Gepardin, es zeigt uns die Lebewesen genauer, als es vorher in Tiergärten möglich war, und alles zu einem Zeitpunkt, wo einzelne Arten nur noch in diesem Medium zu finden sind. Kann mich nicht sattsehen an irren Farben, Bergpapageien, gestreifte Lemuren, sehe den Andenvogel mit langen gebogenen Federn königlich fliegen. Die Schönheit ist den Ausgeburten menschlichen Gehirns vergleichbar, sei es die zaubrischste Maurische Trauermusik oder ein Tarnkappenbomber, beide sind seiner Natur zuzurechnen. Die eine ist der Preis für die andere noch. Mir steht nicht zu, zu verfluchen, zu preisen. Seh' den Geparden fressen oder gefressen werden. Die unbedenkliche Verschwendung einzelner, eine Art für eine Weile aufsteigen zu lassen, auf Kosten einer anderen, bis ihr Stern den Zenit wieder verläßt. Die Unsterbliche wie ein Raubtier das Leben. Liebt man es deshalb über die Maße, mit dem Schmerz unter den Rippen? Bei Aigner gibt es ein Gedicht, das *Die Sehnsucht* heißt. Es beginnt so: »Ein Bussard unter meinen Rippen / der hinpfeift auf der blanken Fläche / zwischen glasierten Wolken überm / gefrorenen Feld« Da klopft also das Herz. Sehnsucht steckt dort, wo die Unsterbliche wie ein Gepard die Zähne hineinschlägt. Wie in des Prometheus' Leber der Adler den Schnabel. Das Innere des Dichters die Landschaft. Doch aufgebrochen wie ein Wild der wirkliche Leib. »Da brach ich auf / in der Mitte erschien / eine Schonung unter/ tiefen sirrenden Wolken / wo Lichtbrände übers Gras / geblasen wurden« heißt es im Text *Aufbrechen*. Und es ist eben nicht nur das Aufbrechen im Sinn von sich auf den Weg machen zu verstehn. Die dritte Möglichkeit einer Deutung des Gedichts von der Unsterblichen, wenn es denn nicht überhaupt alles gleichzeitig ist, wäre die Dichtung erblicken. In der es um ALLES gehen muß. Der Hervorbringer sich auf Leben und Tod ihr hingeben muß. Ein paar Biografien bestärken, diesen Blick beizubehalten: auf die einzige wahrhaftige Kunst.

Eigenartiges

von Erich Fried

Fast immer kurze Gedichte, oft ganz kurze. Die Form scheinbar anspruchslos, einige Zeilen gereimt, andere nicht, oder reimlose Gedichte. Ein Kind, meint man, könnte solche Verse schreiben. Das ist natürlich ein Irrtum, ebenso wie wenn gesagt wurde, ein Kind könnte Graphiken wie von Klee oder Miró verfertigen. Die Sätze manchmal durchkonstruiert, manchmal nur Worte oder Satzteile, scheinbar leicht hingeworfen. Die Sprache ohne kunstvoll konstruierte Perioden, manchmal an alte Volksliedformen anknüpfend und sie fast unmerklich in etwas ganz anderes verwandelnd: das ist so einiges, was man von Aigners Gedichten sagen könnte. Aber das sagt wenig oder fast gar nichts. Das kann auch nicht erklären, wieso dieser, wie es scheint, nur mit den einfachsten Mitteln arbeitende Dichter heute einer der originellsten in deutscher Sprache schreibenden Lyriker ist, einer, der an Spannweite seiner Dichtung die meisten Zeitgenossen übertrifft.

Da findet sich ein Gedicht, *In London*, ein einziger Vierzeiler, lustig, lyrisch:

> Auf den Herrn mit Parapluie am Arm
> beugen sich Wolken herab
> und stricken ihm einen grauen Pullover
> ganz aus nieselndem Garn

Ob dieser freundliche Märchenton nicht auch etwas Scharfes, Unheimliches enthält, fragt man sich erst nachher. Spielen vielleicht die Worte und Dinge, mit denen der Dichter hier zu spielen scheint, in Wirklichkeit mit uns?

Dann liest man etwa in dem *Sie* betitelten Teil des Bandes das Gedicht *Auf Knien*, sieben Zeilen, in denen höchstens zwei Reimworte stehen, *sich* und *Kreuzstich*, und das Unheimliche ist nicht mehr zu verkennen. Im Motto zu diesem Teil des Buches ist von Vorkommnissen die Rede, »die sich blitzartig ereignen« und »... unsere Gedächtnisspuren für anhaltende Freude oder, in diesem Fall, für Schrecken anlegen!« Das Gedicht *Auf Knien* folgt unmittelbar auf dieses Motto, erläutert es gewissermaßen. Das nächste Gedicht, *Weiße Dame*, verhält den Schrecken (obwohl es sich vielleicht – wer weiß? – um ein Gespenst handelt), aber zeigt entschieden das blitzartige Ereignis. Und dann kommt ein zehnzeiliges Gedicht, in dem die erste auf die letzte Zeile reimt, sonst nichts, und in dem die Welt angeklagt wird, aber ohne ein Wort der Klage. Im Gegenteil: Dieses Gedicht *Langsam Fliegen blinde Eulen* beginnt mit den Worten »Wie ich das liebe«.

Nach weiteren zwei grimmigen Gedichten, *Vom Menschsein* und *Hügel*, folgt wieder ein scheinbar ganz einfaches, ungereimtes Gebilde, sieben Zeilen von je drei Worten, davon das erste und letzte immer ein Substantiv. Kein einziger Satz im ganzen Gedicht:

Bergen

Sonne und Mond
Tag um Nacht
Morgen im Grauen
Bergen und Belsen
Bein im Stein
Augenhöhle um Augenhöhle
Finster und Finsternis

Man muß nur die mittleren Worte jeder Zeile genau erwägen, um die sparsame Meisterschaft dieses Gedichtes zu erkennen. Die jeweils ersten und letzten Worte werden durch die Wörtchen *und, um, im, und, im, um, und* verbunden. Die letzten drei dieser Worte spiegeln die Reihenfolge der ersten drei. Der Sinn ist jedes Mal unerbittlich. Zuletzt merkt man, daß das erste Wort der Schlußzeile eigentlich gar kein Substantiv ist. Aber dieses *Finster*, das vor der *Finsternis* steht, hat so ungeheuer viel Eigengewicht bekommen und läßt außerdem das unerwähnte Wort Fenster so sehr mit anklingen, daß es längst nicht mehr nur Adjektiv ist.

So könnte oder müßte man eigentlich jedes Gedicht ganz genau betrachten. Zum Beispiel findet sich gegen Anfang des Bandes in der Abteilung *Mond* ein ganz und gar gereimtes sechszeiliges Gedicht *Abend*:

> Stell die Kerze auf den Tisch
> Ocker für den Mond der glimmt
>
> Komm. Ich weiß es ganz bestimmt
> daß er uns durchs Fenster findet
>
> und uns aneinander bindet
> wie der Fischer Fisch an Fisch

Das erinnert im ersten Augenblick entfernt an ein kurzes Gedicht von Trakl, eines seiner wenigen zuversichtlichen Gedichte. Auch dieses scheint zuversichtlich. Es enthält ein Versprechen, ist vielleicht sogar ein Liebesgedicht. Aber wann wollen zwei Menschen, daß der Mond sie »aneinander bindet / wie der Fischer Fisch an Fisch"? Es ist wieder das Unheimliche, denn dieses Gebundensein ist Todesqual und Tod.

Immer wieder originelle Zeilen auch von großer lyrischer Schönheit, etwa in *Die Schlafenden* die Schlußzeile: »Dein Lichtkleid berührt mein Ohr«. Immer wieder noch nie gehörte und doch völlig überzeugende Vergleiche, wie im

Gedicht *Unwetter auf Cerreto* die Stelle: »Wie Galgen hängen Bäume an Wolken«. Manchmal ein Gedicht, das mit den Mitteln uralter Bilderfolgen arbeitet, in denen etwa die Lebens- oder Sterbestationen eines Märtyrers abgebildet wurden. Aber hier natürlich wieder ganz einfach, zum Beispiel in dem Gedicht *Das Kind das war*.
Fast keines dieser Gedichte, das nicht höchste Aufmerksamkeit verdiente. Dabei ist keineswegs alles unheimlich. Manches ist auch komisch, allerdings von einer Komik, die vielleicht an Christian Morgenstern erinnern könnte, zwar anders geartet, aber wie die seine eigentlich auf Weltzweifel und Weltentlarvung beruhend. Aigner ist manchmal bitter, zwar nicht verbittert, aber immer zutiefst gezeichnet von dieser unserer Welt und Zeit, die er zeichnet, wie das nur wenige außer ihm können.

Über Christoph Wilhelm Aigner

geboren am 18. November 1954 in Wels (Österreich). Studierte und arbeitete als Tageszeitungsredakteur in Salzburg. Seit 1985 freier Schriftsteller.

1982 erhielt er den Trakl-Förderungspreis, 1993 den 3. Meraner Lyrikpreis, 1996 den Else-Lasker-Schüler-Förderpreis. – 1998 hielt er Vorlesungen zur Poetik an der Universität Innsbruck. C. W. Aigner lebt in Salzburg.

Publikationen: *Weiterleben. Gedichte*, Otto Müller Verlag (1988), *Drei Sätze. Gedichte*, Otto Müller Verlag (1991), *Landsolo. Gedichte*, Otto Müller Verlag (1993), *Anti Amor. Erzählung*, DVA (1994), *Das Verneinen der Pendeluhr. Gedichte*, DVA (1996), *Die Berührung. Gedichte*, DVA (1998), *Mensch. Verwandlungen*, DVA (1999), *Engel der Dichtung. Eine Lesereise*, DVA (2000).

Übersetzungen: *Der Mönch von Salzburg*. Die weltliche Dichtung, Otto Müller Verlag (1995), Federico Tozzi: *Tiere Dinge Menschen*. dtv (1997)

Die Gedichte der Abteilungen *Das Verneinen der Pendeluhr* und *Die Berührung* wurden mit freundlicher Genehmigung der Deutschen Verlags-Anstalt den Bänden gleichen Titels entnommen. Die Würdigung C. W. Aigners durch Erich Fried (*Eigenartiges*) am Ende dieses Bandes entstand als Nachwort zu dem Gedichtband *Weiterleben* und erscheint hier mit freundlicher Genehmigung des Otto Müller Verlags, Salzburg.

Über Sarah Kirsch

geboren am 16. April 1935 in Limlingerode (Südharz). Studium der Biologie (Diplombiologin 1959). 1963–1965 Studium am Institut für Literatur »Johannes R. Becher« in Leipzig. 1976 Mitunterzeichnerin der Protesterklärung gegen die Ausbürgerung Wolf Biermanns aus der DDR, 1977 Ausreise nach Berlin (West). Zahlreiche Preise, darunter der Heinrich Heine-Preis der DDR, der Österreichische Staatspreis für Literatur (1981) und der Georg-Büchner-Preis der Deutschen Akademie für Sprache und Dichtung (1996). Sarah Kirsch lebt in Schleswig-Holstein.

Sarah Kirschs umfangreiches und im wesentlichen in der Deutschen Verlags-Anstalt erschienenes Œuvre liegt in einer Werkausgabe vor: *Werke in fünf Bänden*. Gedichte, Prosa. Deutsche Verlags-Anstalt, Stuttgart 1999.

Nachwort

von Axel Marquardt

Als Sarah Kirsch in der *Zeit* vom 18.3.1999 Christoph Wilhelm Aigners Prosaband *Mensch. Verwandlungen* als ihr »Jahrhundertbuch« vorstellte, sprach aus ihren Worten eine rückhaltlose und unbedingte Bewunderung, die mir fast den Atem verschlug. Von einer »Sprachkraft sondergleichen« war da die Rede und von »heiligen Texten«; ich konnte mich nicht erinnern, in neuerer Zeit eine solche Eloge eines Autors, einer Autorin über einen Kollegen, dazu noch einen jüngeren, gelesen zu haben. Aus ihren Worten sprach eine unmittelbare Betroffenheit, deren Ursprung nicht nur in einem abstrakten Interesse für ein sprachliches Kunstwerk liegen konnte. Aigner mußte einen Ton angeschlagen haben, der sich ihr in einem unerhörten Maß mitgeteilt hatte. Wild, abenteuerlich, schmerzhaft sind Charakterisierungen, die Sarah Kirsch für Aigners Verse gefunden hat, »und doch streng geordnet«. Vielleicht ist es gerade diese Spannung von kühnen Bild-Wort-Kombinationen und ihre strenge Konzentration auf wenige Verse, die ihr diese Gedichte so »unherkömmlich« erscheinen lassen.

Unser Konzept, daß Dichter Dichter »entdecken« (ein Reihentitel, der Sarah Kirsch nicht gefiel und den sie so verstanden wissen will, dass sie Aigner für den Leser entdeckt), lässt besonders in diesem Querschnitt durch das Werk Christoph Wilhem Aigners die Frage nach der Affinität zwischen der lyrischen Auffassung beider spannend erscheinen.

Inhalt